GRAND-LOUP-SAUVAGE

René ESCUDIÉ est né en 1941 à Clermont-Ferrand. Il habite maintenant au milieu des vignes, dans un petit village, pas très loin de Montpellier.
Il a commencé à écrire en 1971 : du théâtre pour adultes, puis des pièces, des contes et des romans pour enfants.
Il collabore à des journaux pour les jeunes et il est aussi traducteur.

René ESCUDIÉ

Grand-Loup-Sauvage

Illustrations de Patrice Douenat

NATHAN

Loi n° 49 956 du 16 juillet 1949 sur les publications destinées à la jeunesse : janvier 1994.

© 1980, éditions Nathan.
© 1994, éditions Pocket.

ISBN 2-266-00311-9

Prologue

« Oh ! fit l'enfant.

— Qu'est-ce qu'il y a ? demanda le père en jetant un coup d'œil dans le rétroviseur.

— Rien, répondit l'enfant.

— Ne me dis pas : rien. Tu as fait : Oh ! Qu'est-ce qu'il se passe ? »

L'enfant ne répondit pas.

« Je t'ai posé une question », reprit le père.

L'enfant resta muet.

Il essayait de regarder partout ailleurs que dans le rétroviseur, rien à faire, chaque fois ses yeux y revenaient et saisissaient le regard courroucé de son père.

« Je parie que c'est le chien, dit le père au bout d'un moment. Je parie que cette cochonnerie d'animal a pissé sur mes coussins.

— Ce ne sont pas tes coussins, dit l'enfant, hargneusement. Ce sont les coussins de la voiture.

— Aymeric ! » fit la mère, sans se retourner.

La voiture ralentit brusquement. Le bruit du clignotant émergea du silence.

« Je ne veux pas ! » cria l'enfant.

La voiture s'immobilisa sur le bas-côté de l'autoroute. Le père en descendit, ouvrit la portière arrière.

« Je ne veux pas ! répéta l'enfant.

— Donne-moi ce chien ! »

L'enfant serra contre lui la petite boule de poils chauds.

« Aymeric ! donne-moi ce chien !

— Obéis à ton père, dit la mère, sans se retourner.

— Non ! »

La gifle fit mal à l'enfant, si mal qu'il leva les deux mains pour se protéger d'une seconde. Le père en profita pour prendre le chiot par la peau du cou et aller le déposer sur l'herbe du bas-côté. Puis il revint s'installer à son volant.

« Je t'avais prévenu, dit-il, et arrête de pleurer, sans ça tu en prends une autre. »

Il lança le moteur.

« Tu sais bien qu'on ne peut pas garder un chien. Surtout en vacances. Il ne fallait pas aller le prendre, hier, chez ton copain. Je t'avais dit que je n'en voulais pas. Arrête de pleurer. Je

t'avais prévenu. À la première bêtise, on s'en débarrasse. ARRÊTE DE PLEURER !

— On t'achètera une glace », dit la mère, sans se retourner.

CHAPITRE PREMIER

PERDU SUR L'AUTOROUTE

Le petit chien resta un moment assis sur le bord de l'autoroute.

Il plissa son petit nez noir. Les odeurs n'étaient pas agréables : caoutchouc brûlé des pneus, relents d'essence et d'huile qui montaient avec la chaleur.

En vacillant sur ses petites pattes maladroites, il s'en fut au beau milieu de la chaussée.

Il y eut tout à coup un grand Vrrrrrrrrrr-OOOOOOOOOUUUUUUmmmmmmmm ! et puis un grand CriiiiiiiiiIIIIIIIIIIIIIIIII ! et quelque chose de noir, une grande ombre lui passa sur la tête. Effrayé, il s'était aplati au sol.

La voiture s'arrêta un peu plus loin en tanguant.

Le chiot fit alors volte-face et partit en courant. Soudain, il ne sentit plus le ciment dur et chaud sous ses pattes, mais quelque chose de souple et de frais qu'il ne connaissait pas encore : l'herbe. Derrière lui, il y eut encore l'énorme VrrrrrrrrrrOOOOOOOOOUUUUU-Ummmmmmmm ! d'une voiture. Il augmenta sa vitesse et disparut sous les buissons, entrant le plus profondément possible. Puis des branches l'empêchèrent d'avancer et il resta là, tapi, son petit cœur battant follement.

« Je te dis qu'il est par là ! fit une voix, pas très loin.

— Tu as rêvé ! dit une autre voix, un peu excédée.

— Mais non ! Je l'ai vu comme je te vois. C'était un petit chiot tout noir. Avec des oreilles tombantes.

— De toute manière, si on le trouve, qu'est-ce que tu veux en faire ?

— Il va se faire écraser. On ne peut pas le laisser sur l'autoroute.

— Tu sais bien qu'on ne peut pas garder un chien. On n'a pas assez de place », dit la seconde voix.

Il y eut alors un bruit de moteur plus léger que celui des voitures. Le bruit décrût et s'arrêta bientôt, puis des pas lourds firent trembler le sol.

« Qu'est-ce que vous faites-là, messieurs dames, dit une troisième voix. Vous ne savez pas qu'il est interdit de s'arrêter sur l'autoroute en dehors des aires de stationnement ?

— Si, monsieur l'agent, répondit la première voix, mais j'ai failli écraser un petit chien en plein milieu. Il a dû se cacher par ici.

— Ce n'est pas une raison.

— Mais, il peut faire arriver un accident !

— C'est vous qui allez faire arriver un accident si vous ne circulez pas immédiatement.

— Mais...

— Allons ! Circulez ! Sinon, je vous mets une contravention », dit la troisième voix.

On entendit des pas s'éloigner, des portières claquer et un moteur démarrer.

Il y eut du bruit dans les buissons, la troisième voix qui appelait : « Petit, petit, petit ! » et le chiot vit une botte luisante près de lui. Il s'enfonça encore plus profondément sous son abri.

Les pas s'éloignèrent enfin et, par une petite ouverture entre les herbes et les branches, le chiot vit le gendarme enfourcher sa moto, donner un grand coup de talon sur le démarreur et s'éloigner dans un vrombissement.

Le petit chien resta un moment sans bouger.

Ce n'était encore qu'une petite boule de poils courts et noirs. Seuls, le bout de ses quatre pattes et l'extrémité de son nez, juste avant la truffe, étaient marron. Il avait aussi deux touffes de poils fauves au-dessus des yeux et elles lui donnaient l'air étonné.

Il n'avait encore jamais quitté la caisse où il était né. C'était le plus costaud et le plus déluré d'une portée de six chiots. Il n'y avait pas longtemps qu'il avait commencé à échapper au contrôle sévère mais affectueux de sa mère pour grimper par-dessus les bords peu escarpés de la boîte et aller découvrir le vaste monde.

Et puis un jour, un immense animal à deux pattes l'avait attrapé par la peau du cou et l'avait placé entre les mains d'un animal semblable, mais plus petit.

Il avait voyagé quelque temps serré et bercé contre la poitrine de l'enfant. Alors ils étaient entrés dans une maison inconnue et, pour la première fois, le petit chien avait entendu le tonnerre grondant des cris de colère d'un homme.

Le lendemain, le père de l'enfant avait abandonné le petit chien sur l'autoroute.

Maintenant, le petit animal, le ventre creux, commençait à chercher désespérément dans les herbes et dans les buissons sa mère aux tétines gonflées de lait chaud et sucré et la douce tiédeur des corps de ses frères et sœurs.

Sans s'en apercevoir, il passa entre les mailles d'un gros grillage.

Une odeur vint frapper sa truffe. Faible d'abord, puis de plus en plus forte au fur et à mesure qu'il s'avançait. C'était une odeur pleine, formée de centaines et de centaines d'effluves que, trop jeune encore et inexpérimenté, il ne pouvait reconnaître.

Il s'infiltra sous des branches basses, rampa, essaya d'aller le plus loin possible et ne vit pas le bord d'un trou qui commençait juste là où le buisson s'arrêtait. Il dégringola comme une boule le long d'une pente raide.

Il dégringola longtemps et longtemps.

Heureusement pour lui, sa chute se termina dans une flaque d'eau boueuse et peu profonde. Il s'assit au milieu de l'eau, regarda et renifla autour de lui.

C'était un étrange paysage.

Il y avait là des pneus noirs et usés, des montagnes de boîtes en carton comme celle où il avait commencé son existence, des débris informes et colorés, des carcasses d'appareils dont il ne connaissait pas ni ne connaîtrait jamais l'usage.

Et par-dessus tout cela flottait un mélange d'odeurs qui parfois rebutaient son petit odorat tout neuf ou qui quelquefois le comblaient d'aise.

Il plissa son nez, tourna la tête d'un côté et de l'autre. Au milieu du flot de senteurs qui lui parvenaient, il venait d'en distinguer une qu'il connaissait bien : celle du lait.

La triant au milieu de toutes les autres, il la suivit. Il tomba enfin sur un tas de boîtes en carton qui dégageaient toutes la bonne odeur.

Il commença à lécher doucement les ouvertures. Puis, furieux de constater que cela ne le nourrissait pas, il se mit à déchirer les boîtes de ses petites dents pointues.

En procédant ainsi, il finit par trouver suffisamment de liquide pour calmer son estomac.

Satisfait, il leva alors la tête.

Et devant lui, perché sur une boîte de conserve rouillée, il aperçut un étrange animal, comme il n'en avait jamais vu auparavant ; un étrange animal qui le regardait de ses petits yeux perçants et cruels.

Un rat.

CHAPITRE II

COMMENT TRITUS FUT BAPTISÉ

C'était un énorme rat, un vieux rat tout couvert de cicatrices.

Il regardait le chiot de ses petits yeux vifs sans pitié et il se disait qu'il y avait là un remarquable dessert, bien frais, bien tendre, après toutes les ordures dont il venait de se repaître.

Le chiot, serein, crut que le rat était une sorte de chien. Pour la première fois de sa vie, il fit sortir de sa gorge un petit jappement amical.

Mais le vieux rat n'était pas bête à s'effaroucher des premiers aboiements timides d'un petit chien et il se rapprocha, sa longue queue écaillée sinuant dans la poussière. Le chiot aboya encore une fois d'une voix un peu moins assurée. Il se recula un peu.

Sans un bruit, sans un avertissement, le rat bondit sur lui, le mordit vivement à l'oreille droite.

Le chiot hurla et s'enfuit de toute la vitesse de ses courtes pattes à travers la décharge, l'énorme rat à ses trousses.

À un moment donné, passant devant un tas d'immondices puantes, il vit avec désespoir d'autres rats apparaître et se lancer, eux aussi, à sa poursuite.

Il courut longtemps, comme il n'avait encore jamais couru. Son petit cœur martelait frénétiquement ses côtes.

Il sentait qu'il n'en pouvait plus. Alors, apercevant l'ouverture béante d'une grosse boîte de conserve, il s'y engouffra et s'y aplatit, pantelant.

Les rats s'immobilisèrent en cercle à quelque distance de la boîte.

Le vieux rat se détacha du groupe et s'approcha sans crainte vers le refuge du chiot.

Alors, désespéré, celui-ci se lança en avant, sa petite gueule ouverte, comme il le faisait en jouant avec ses frères et sœurs. Il savait que ses dents minuscules pouvaient faire mal, car, plus d'une fois, sa mère avait dû le rabrouer parce qu'il les enfonçait trop fort dans les oreilles ou dans les pattes des autres. Mais là, il voulait vraiment faire mal, se venger de sa peur et de son oreille percée.

Les petits crocs entrèrent vivement dans la patte du rat qui, surpris par cette attaque, sauta comme un ressort et vint déchirer la peau de son dos au rebord tranchant de la boîte de conserve.

Voyant revenir leur chef perdant son sang en abondance, les autres rats, rendus prudents, élargirent le cercle.

Le petit chien s'était reculé et les rats ne voyaient plus que ses deux yeux qui brillaient dans l'ombre.

Les rongeurs parurent se consulter puis, soudain, ils passèrent tous à l'attaque en même temps.

Mais, au même instant, des aboiements furieux se firent entendre ; un chien bondit des quatre pattes au milieu du cercle et, de la dent et de la patte, se mit à attaquer les rats.

Ceux-ci, couverts de blessures, s'enfuirent sans demander leur reste.

Le chien resta un moment le dos hérissé ; un grondement sourd sortait de sa gorge, il regardait la direction dans laquelle les rongeurs s'étaient enfuis.

Puis les poils de son échine se couchèrent, il agita deux ou trois fois la queue comme s'il était content de lui, s'assit et lança sa patte arrière à la recherche d'une puce.

Du fond de sa boîte, le petit chiot poussa un gémissement.

Le chien dressa les oreilles, attentif.

C'était un chien de taille moyenne, blanc et feu, avec une queue fine. Son museau, légèrement aplati, était encadré par deux longues, très longues oreilles brunes. Il avait le poil ras et les flancs maigres. En découvrant le chiot, ses babines se retroussèrent et se plissèrent comme s'il riait, découvrant des crocs jaunis et usés. C'était un vieux chien, à l'air fatigué et mal nourri.

Le chiot gémit encore plus fort en avançant vers l'ouverture de la boîte.

« Qu'est-ce que c'est que ça ? grommela le vieux chien en venant le renifler. C'est après toi qu'ils en avaient, ces vilains rats ? Si j'avais su, je les aurais tous tués ! » et il lança un aboiement sonore vers le fond du dépôt d'ordures.

« Montre-toi un peu », dit-il ensuite.

Confiant à la vue de ce chien qui parlait le langage de sa mère, le petit s'approcha.

« Mais ils t'ont fait mal, ces sagouins ! s'exclama le vieux. Aussi vrai que je m'appelle Pompon, si jamais j'en attrape un... »

Il ne termina pas sa menace, mais poussa un nouvel aboiement de défi.

Le petit chien, effrayé, recula un peu.

« N'aie pas peur », dit Pompon.

Et il se mit à lécher doucement l'oreille blessée du chiot.

Quand la blessure se fut arrêtée de saigner, le vieux chien s'allongea et le petit vint se coucher entre ses pattes de devant, là où il aimait se nicher, dans la caisse en carton de sa naissance, entre les pattes de sa mère, place qu'il disputait avec succès à ses frères et sœurs.

« Qu'est-ce que tu fais là ? demanda le vieux Pompon. Tu ne pouvais pas rester dans les tétines de ta mère ? Oui, je sais, tu es trop petit encore pour me répondre... Ce n'est quand même pas ta mère qui t'a amené ici ! Non, tu sens l'homme. Si c'est un homme qui t'a apporté... »

Encore une fois, il découvrit ses crocs et grogna férocement.

« Ou alors, tu es venu tout seul... Seulement, maintenant, il faut rentrer chez toi. »

En entendant parler de sa mère, le chiot s'était levé et approché des flancs du chien.

« Hé ! Qu'est-ce que tu fais ? Mais, je ne suis pas ta mère pour que tu me tètes. Et puis, je suis un chien, pas une chienne, arrête, tu me chatouilles ! »

Et, tout en riant de ses babines retroussées, il repoussa du museau le petit animal.

« Rentre chez toi ! Je te regarde partir et, tant que je serai là, les méchants rats ne te diront rien. »

Le chiot l'écoutait, la tête penchée sur le côté d'un air comique.

« Allez, ouste ! Va-t'en ! Retourne chez ta mère ! »

Et comme le chiot ne bougeait pas, Pompon fit sa grosse voix et aboya vers lui.

Le petit chien, surpris, se recula vivement, son minuscule bout de queue entre les pattes, mais il s'arrêta un peu plus loin.

« Va-t'en ! » grogna encore le vieux chien.

Le petit gémit doucement.

Pompon se mit à réfléchir en plissant le front et en le grattant avec une de ses pattes de derrière.

« Bon, j'ai compris, dit-il enfin. Tu es un petit chien abandonné. Seul. Comme moi. Je te prendrais bien avec moi, mais tu es trop petit. On va essayer de trouver quelqu'un pour s'occuper de toi. Viens ! »

Le petit chien ne bougea pas.

« Je te dis que tu peux venir, répéta le vieux chien. Et d'abord, comment tu t'appelles ?... C'est vrai, tu ne parles pas encore... Attends... je t'appellerai... Petit-Chiot-Tout-Noir-Trouvé-

Sur-Les-Détritus. Voilà ton nom. Et pour que ce soit plus court, je t'appellerai Tritus. Viens, Tritus ! »

Et le vieux chien s'en alla.

Confiant, le chiot lui emboîta le pas.

CHAPITRE III

POMPON

Ils marchèrent longtemps.

Peu à peu, le ciel s'assombrit et les ombres se firent plus longues. Le vent se leva et fraîchit.

Le vieux chien marchait devant, sans tourner la tête. Il entendait derrière lui le léger trottinement du chiot.

Puis, à deux ou trois reprises, il l'entendit trébucher.

« Tu es fatigué, Tritus ? demanda-t-il en s'arrêtant. Oui, tu es certainement fatigué. Moi aussi. Je ne suis plus jeune, tu sais, et mes vieilles pattes ne sont plus ce qu'elles étaient. »

Ils allèrent se réfugier sous un buisson bas. Pompon fit quatre ou cinq tours sur lui-même avant de se coucher sur un lit de feuilles mortes et Tritus l'imita avant de se lover en boule contre le flanc de son aîné.

« Tu apprends vite ! dit Pompon en riant. Maintenant, reposons-nous. Demain, il nous faudra encore marcher pour chercher un endroit où l'on t'adoptera. »

Le petit chiot eut un gémissement heureux, ses paupières clignotèrent une ou deux fois et il s'endormit tout d'un coup.

« Jeunesse ! Jeunesse ! murmura le vieux Pompon. Si je pouvais m'endormir comme ça ! Mais il y a trop de choses dans ma tête... »

Et, les yeux grands ouverts dans la nuit, la respiration calme et détendue du petit chien à son côté, le vieux chien se mit à penser à sa vie.

Il se revoyait, il y a longtemps, si longtemps, encore jeune chiot timide comme le petit Tritus. Puis jeune chien ardent, ne pensant qu'à folâtrer. Puis il revit son maître qui l'avait amené chez lui au bout d'une ficelle, les bons morceaux qu'il lui donnait, la caresse de sa main douce sur sa tête, et aussi son vieil ami, le chat Grougnousse avec qui il s'entendait si bien. Tous ces souvenirs heureux lui revenaient et, deux ou trois fois, pas très fort pour ne pas réveiller Tritus, il gémit doucement à leur évocation.

Puis les souvenirs heureux s'estompèrent et les mauvais jours affluèrent à sa mémoire. Un jour, son maître s'était couché et ne le suivait plus quand il venait vers lui, sa laisse dans la gueule pour l'inviter à la promenade ; sa main s'était faite légère, si légère sur son front. Un soir, il n'avait plus bougé. Des hommes noirs à l'étrange odeur étaient alors venus, ils avaient mis son maître dans une boîte puis la boîte dans un trou.

Et le nouveau maître, et les coups de pied, et la maigre soupe et les cris continuels.

Il revit ce jour aussi, où, presque mort de faim, il avait volé sur la table un morceau de viande, les yeux pleins de meurtre de l'homme et le fusil qu'il dirigeait vers lui. Sa fuite alors, droit, droit devant lui, de toute la vitesse de ses vieilles pattes, de toute la force de ses muscles las.

Sa vie errante alors, sans espoir, jusqu'au jour où il avait rencontré le Grand-Setter-Fauve.

C'était un chien qui avait beaucoup vécu et beaucoup voyagé. Il avait vécu chez les hommes et il avait vécu seul. Il portait sur son corps des cicatrices de coups de bâton, de coups de fourche et de morsures. Et même, sur son dos, la trace labourée d'un coup de fusil un jour où il s'était trop engagé dans une réserve de chasse.

Il lui avait parlé de Grand-Loup-Sauvage.

« Grand-Loup-Sauvage, avait-il dit, est notre ancêtre à tous, nous les chiens. Il y a longtemps, bien longtemps, nous étions tous des loups, libres et fiers. Mais un jour l'homme nous a capturés et, petit à petit, il nous a transformés. Il nous a faits énormes pour attaquer les autres hommes. Il nous a faits chasseurs pour lui procurer à manger. Il nous a faits gardiens pour prendre soin de ses troupeaux. Il nous a faits petits pour servir de jouets à ses enfants ou d'enfants à ceux de ses semblables qui n'en ont pas. Mais, au fond, nous sommes encore des loups libres et fiers et notre ancêtre est Grand-Loup-Sauvage.

— Grand-Loup-Sauvage…, avait murmuré Pompon. C'est une belle légende.

— Ce n'est peut-être pas une légende, avait dit le Grand-Setter-Fauve. J'ai entendu dire sur ma route qu'il existait toujours là-bas, dans les forêts noires de la montagne, là où l'homme ne va jamais. Il vit toujours et il nous attend. »

Le Grand-Setter-Fauve s'en était allé comme il était venu, sans un adieu.

Et, tout naturellement, comme s'il avait depuis toujours attendu ce moment, Pompon avait tourné ses narines vers le nord et il s'en était allé à la recherche de Grand-Loup-Sauvage.

Il y avait des semaines qu'il était parti, se nourrissant aux innombrables tas d'ordures que laissent partout les hommes, dormant au creux des haies, évitant les villages et les maisons, vers le nord, toujours vers le nord.

Il tourna la tête pour regarder Tritus avec tendresse et lui passa doucement la langue sur le museau. Dans son sommeil, le chiot eut un gémissement de volupté.

« Qu'est-ce que je vais en faire ? se demanda Pompon. Il est bien trop petit pour me suivre. Et je ne peux pas m'attarder trop longtemps à lui chercher un refuge. Je me sens vieux et je sais que je n'en ai plus pour longtemps. Et je veux voir Grand-Loup-Sauvage avant de mourir. Qu'est-ce que je vais faire ? »

C'est sur cette question, en poussant un profond soupir de lassitude, qu'il sombra enfin dans le sommeil.

CHAPITRE IV

COMMENT POMPON ET TRITUS RENCONTRÈRENT MALLY-POP

Le lendemain, au réveil, Tritus poussa son museau dans les poils du flanc de Pompon.

« Halte-là ! grogna un peu celui-ci. Je t'ai déjà dit qu'il n'y avait rien à téter là. Je suis un chien, ma parole ! Un chien, pas une chienne ! »

Tritus vint le regarder sous le nez, la tête penchée, l'air de dire :

« D'accord, je comprends, il n'y a rien à téter, mais j'ai faim quand même ! »

Le vieux chien s'ébroua, fit une toilette rapide à grands coups de langue, imité en tout point par le petit.

« Tu as raison, dit-il enfin. Il nous faut trouver à manger. Et il faut aussi trouver un endroit où te laisser. Tu comprends, j'ai bien réfléchi, tu ne peux vraiment pas venir avec moi à la recherche de Grand-Loup-Sauvage. Tu es trop petit. »

Il flaira le vent, tournant la tête de tous les côtés.

« Il y a un village par là, dit-il enfin pointé dans une direction. Ce n'est pas tout à fait ma route, mais qui dit village dit tas d'ordures, poubelles et aussi gens qui aiment les petits chiens. »

Ils s'avancèrent alors dans la garrigue. Autour d'eux, ce n'était qu'herbe maigre et rase, pierres blanches, fleurs odorantes, touffes solides de thym.

Au-dessus d'eux, le soleil montait dans le ciel bleu et se faisait plus chaud.

« Le setter m'a dit, grommela dans sa barbe le vieux Pompon, que nos ancêtres les loups ne circulaient que la nuit et dormaient cachés pendant le jour, comme tous les autres animaux sauvages. Mais depuis que nous vivons avec les hommes, nous faisons comme eux. Nous sommes complètement idiots ! »

Ils arrivèrent enfin en vue d'un village. Adossé à la garrigue, un troupeau de toits ocres dévalait en étages jusqu'à la verdure de la plaine.

Ils trouvèrent une petite falaise qu'ils descendirent avec précaution. Les pierres roulaient sous leurs pattes. Deux ou trois fois, Tritus perdit pied, roula pendant quelques mètres et se retrouva à chaque fois arrêté par un buisson, l'air ahuri.

Pompon le redressait d'un coup de museau.

Soudain, la pente s'arrêta, il y eut de l'herbe et plus loin l'énorme lit d'une rivière, sec, avec juste entre les bancs de sable un tout petit filet d'eau coulant mollement de flaque en flaque.

Pompon se précipita, Tritus sur ses talons, et se mit à boire à longs traits.

En entendant le clapotis de la langue, Tritus se dit qu'il y avait là quelque chose de bon et il approcha sa truffe de la surface de l'eau. Cela ne sentait rien, cela n'avait l'air de rien, surtout pas du bon lait de sa mère. Il renifla et recula.

Pompon comprit que le chiot n'avait jamais bu d'eau. Il lui passa alors à plusieurs reprises sa langue humide sur la gueule. Le chiot, d'abord offusqué, se lécha enfin le pourtour des babines, sentit que c'était frais, et son petit corps assoiffé frémit de plaisir. Il tenta alors de téter la surface liquide, mais l'eau entra par ses narines. Il éternua.

Pompon se mit à rire.

« Mais non ! Enfant de chien ! Pas comme ça ! Comme ça... »

Il lui montra comment faire et le chiot l'imita.

Quand ils eurent bu leur content, ils revinrent vers le village, en firent le tour à la recherche de nourriture.

Guidé par son odorat, Pompon se dirigea vers une rue déserte où les poubelles n'avaient pas encore été ramassées. Malheureusement, elles pendaient toutes à des crochets, hors de son atteinte.

Enfin, un peu plus loin, ils en virent deux ou trois posées sur le trottoir. Mais, déjà, un chien était en train de les fouiller : un cocker doré à poils longs avait éparpillé le contenu de l'une d'entre elles et y farfouillait joyeusement.

« Salut ! dit le cocker en remuant amicalement son court bout de queue. N'ayez pas peur d'approcher. Quand il y en a pour un, il y en a pour trois. D'ailleurs, ce n'est pas parce que j'ai faim que je fouille les poubelles, mais parce que ça me plaît et que c'est défendu et que j'aime bien faire ce qui est défendu. »

Il s'écarta un peu et invita Pompon à se servir dans un papier rempli de croûtes de fromage, de gras de viande, d'os de poulets et de bouts de pain.

« Allez-y, mon vieux, c'est du bon ! »

Il alla fouiller un peu plus loin et revint en faisant rouler de son museau long et fin une boîte ouverte de lait concentré vers Tritus.

« Vas-y, petit, régale-toi. Quand tu auras fini, il y a d'autres boîtes. »

Pompon et Tritus ne se le firent pas dire deux fois. Ils s'escrimèrent, qui sur les déchets, qui sur la boîte de lait concentré et bientôt ils se sentirent repus. Le cocker folâtrait autour d'eux, ravi de les voir se régaler.

Quand ils eurent fini, ils se regardèrent tous les trois.

Pompon allait remercier le cocker quand il y eut le bruit d'une porte qui s'ouvrait.

« Mes poubelles ! » cria une voix stridente de femme.

Les trois chiens détalèrent ensemble dans un nuage de poussière.

CHAPITRE V

COMMENT POMPON ET MALLY-POP ABANDONNÈRENT TRITUS

Ils allèrent se cacher au bord de la rivière.

Ils commencèrent par boire un peu pour faire passer leur déjeuner, puis s'installèrent confortablement à l'ombre d'un arbre.

« Je m'appelle Mally-Pop, se présenta le cocker. Du moins, c'est ainsi que me nomme ma maîtresse. Elle m'appelle même des fois Poupouche. Poupouche ! Vous vous rendez compte ! Moi, je sais bien que mon nom, mon vrai nom de chien, c'est Beau-Chien-Doré-Avec-De-Longs-Poils-Et-De-Grandes-Oreilles. Mais les hommes sont bizarres.

— C'est vrai, renchérit Pompon, parfois gentils, souvent méchants avec nous.

— Moi, ma maîtresse est gentille avec moi. Elle me caresse et elle m'embrasse beaucoup.

Mais il y a des fois où elle m'énerve, mais elle m'énerve ! Vous avez senti mon odeur ?

— Oui, bien sûr, mais je n'ai rien osé dire. Par politesse.

— Eh bien, vous voyez, dit le cocker d'un air dégoûté, c'est un drôle de truc qu'elle prend dans une petite bouteille et elle m'en met partout. Ça pue ! C'est atroce ! Un chien doit avoir une odeur de chien, non ? Alors, quand je le peux, je m'échappe et je vais me rouler dans les ordures. Au moins, ça sent bon !

— C'est vrai, dit Pompon. Un chien doit avoir une odeur de chien... À propos d'ordures, merci de nous avoir laissés fouiller dans vos poubelles.

— Ce n'est rien, je suis très bien nourri, vous savez. Peut-être un peu trop même. Je suis gourmand et j'engraisse vite. J'ai même une écuelle à mon nom. L'embêtant, c'est que ma maîtresse m'attache les oreilles avec une de ces pinces pour mettre le linge à sécher sur un fil afin qu'elles ne trempent pas dans la soupe. Et ma soupe, parlons-en aussi ! Rien que des trucs déjà tout mâchés qu'elle sort d'une boîte. Jamais d'os. Il paraît que ça me ferait mal. Comme si un bon nonosse avait jamais fait mal à un chien !

— Pourquoi ne partez-vous pas ?

— Oh ! Il y a des avantages, vous savez...
— Lesquels ? »

Mally-Pop réfléchit un instant.

« Ben... C'est pas toujours drôle. Surtout quand elle met un bout de ruban à mon collier et qu'elle m'emmène en laisse dans la rue avec tous les copains et les copines qui se moquent de moi. J'ai honte... Mais... je l'aime bien quand même... Elle est gentille... Elle aurait beaucoup de peine si je partais... et je n'aime pas lui faire de peine. »

Les deux chiens se turent un instant. Tritus s'amusait sous leur nez à tourner à la poursuite de sa queue, à se laisser tomber sur le dos en agitant ses petites pattes.

« Il est mignon, dit Mally-Pop. Il est à vous ? »

Pompon raconta comment il avait recueilli Tritus.

« Pauvre petit », dit Mally-Pop en venant renifler l'oreille de Tritus qui se cicatrisait déjà.

« J'ai une idée ! dit le vieux Pompon avec un wouf ! de joie. Si vous veniez avec moi, on pourrait laisser Tritus à votre maîtresse, comme cela elle ne serait pas triste. Le voyage risque d'être beaucoup trop long pour ce pauvre petit. »

Et il se mit à raconter au cocker ce que lui avait dit le Grand-Setter-Fauve.

« J'aimerais bien aller avec vous, dit Mally-Pop. Est-ce que c'est loin ?

— C'est là-haut, vers le nord, dans les montagnes.

— Les montagnes..., dit pensivement Mally-Pop. J'y suis allé une fois, avec ma maîtresse. Il faisait frais, il faisait bon, il y avait plein d'odeurs fortes et étranges et je pouvais courir, courir dans les bois... J'aimerais y retourner.

— Venez avec moi, insista le vieux chien. Laissons Tritus à votre maîtresse.

— Je ne sais pas... Je ne sais pas... », répéta Mally-Pop d'un air malheureux.

Une silhouette humaine se profila sur la berge.

« Mally-Pop ! Maaaaaaaaaaaaaaaaaly !... Viens, mon Poupouche ! » cria une voix claire de jeune fille.

Les chiens se reculèrent dans l'ombre.

« Viens, mon Poupouche ! Viens vite ! Tu auras du bon parfum-parfum sur tes jolies n'oreilles ! »

Mally-Pop se tapit sur le sol, comme s'il voulait y pénétrer.

La voix appela encore deux ou trois fois puis s'éloigna et l'on n'entendit plus rien.

« C'est décidé, dit brusquement Mally-Pop, je pars avec vous. J'en ai assez de ne pas sentir comme un vrai chien.

— C'est bien, dit Pompon. Nous laisserons Tritus à ta place. »

Ils remontèrent vers le village.

« Voilà, c'est là que j'habite », dit Mally-Pop en montrant une maison enfouie sous la vigne vierge.

« Petit Tritus, dit Pompon en léchant le petit chien. C'est là que nous allons te laisser. Tu auras une très gentille maîtresse, elle prendra soin de toi, elle te donnera de la bonne pâtée à manger...

— Elle te parfumera... », poursuivit Mally-Pop, un brin hargneux. Puis, doucement, il dit :

« Elle te fera beaucoup de caresses... »

Sa voix se noua et deux larmes apparurent au coin de ses yeux. Les cockers pleurent souvent, se dit Pompon qui en avait rencontré quelques-uns.

« Je reviendrai bientôt, dit Mally-Pop ; c'est juste pour des vacances. »

Le vieux chien blanc et feu poussa le chiot sur le seuil de la porte. Du museau, il le fit asseoir et, doucement, lui donna l'ordre de se tenir tranquille.

Puis il s'éloigna un peu. Le chiot était étendu devant la porte et ne bougeait pas, mais ses deux yeux noirs étaient fixés sur son ami.

« Ne bouge pas, petit Tritus, dit Pompon, la voix un peu voilée. Tu seras heureux, toi aussi, tu seras heureux... À toi ! Maintenant ! » dit-il brusquement au cocker.

Mally-Pop s'approcha de la porte et aboya deux fois très fort.

Une fenêtre s'ouvrit en haut de la maison et une voix humaine dit :

« Ah ! Enfin ! Te voilà, rôdeur ! Où étais-tu passé ? Attends, je descends t'ouvrir... »

Mais les deux chiens n'attendirent pas. Dès qu'il avait entendu la voix, Pompon s'était éloigné au galop et, après une courte hésitation, Mally-Pop l'avait suivi.

L'un suivant l'autre, ils dévalèrent les rues du village et allèrent se cacher, haletants, au bord du ruisseau.

« Reposons-nous un peu, dit Pompon. Nous partirons quand la nuit tombera et nous ferons comme nos ancêtres les loups, comme Grand-Loup-Sauvage, nous cheminerons sous les étoiles quand les hommes et les autres chiens seront couchés.

— Nous aurons moins chaud, souffla Mally-Pop en secouant son épaisse toison dorée.

— Chut ! dit Pompon. J'entends quelque chose. »

Là-haut, sur la rive, il y avait un bruit d'herbe froissée, un piétinement léger. Ils se confondirent avec le sol, les oreilles dressées, la truffe frémissant à la brise.

Et puis, il y eut une petite voix maladroite, mi-aboiement, mi-geignement.

« Pom...pon... Pom...pon... »

Le vieux chien poussa un « Wouf ! » de saisissement et la plainte se transforma soudain en petits cris joyeux, et une forme sombre dévala la berge en roulant jusqu'entre leurs pattes.

« C'est Tritus ! s'exclama Mally-Pop, stupéfait. Il nous a suivis à la trace ! Vous vous rendez compte !

— Il est très avancé pour son âge », dit Pompon en léchant joyeusement le chiot.

CHAPITRE VI

COMMENT POMPON, MALLY-POP ET TRITUS RENCONTRÈRENT NÉNUPHAR

Les trois chiens voyagèrent pendant plusieurs jours. Pompon en tête avançait toujours du même pas heurté, le museau dirigé vers le nord ; Mally-Pop venait ensuite qui s'écartait fréquemment du chemin pour renifler un tronc d'arbre ou se lancer à la poursuite des papillons ; Tritus enfin trottinait hardiment.

Les deux aînés s'arrêtaient souvent pour que le petit puisse se reposer, mais de jour en jour il grandissait, et ses muscles s'endurcissaient. Ce n'était déjà plus le jeune chiot affolé que Pompon avait trouvé sur la décharge.

Ils se nourrissaient au hasard du chemin, de reliefs abandonnés par des pique-niqueurs sans soin, ou de cadavres de lapins écrasés sur les routes.

Mally-Pop ne sentait plus le parfum ; il avait retrouvé une vraie odeur de chien, forte, musquée, et il en était très fier. Son poil naguère soyeux et bien peigné s'agglutinait en touffes retenues par des herbes ou des graines hérissées de piquants. Il avait perdu du poids et ses formes n'étaient plus aussi rondes, mais il avait gagné du souffle et il n'était plus obligé, comme au début, de supplier le vieux chien de l'attendre de loin en loin.

Un jour, alors que le soir tombait et qu'ils s'engageaient sur un chemin montant une première rangée de collines, Pompon aperçut un grand chien qui paraissait les attendre, juste en travers de la route.

Il s'arrêta, huma le vent qui lui apportait l'odeur de l'inconnu, y perçut des bouffées de colère. Derrière lui, Mally-Pop, qui ne s'était aperçu de rien, fourrageait dans un buisson. Plus bas, Tritus grimpait la pente.

La gorge de Pompon fit entendre un grognement d'avertissement.

Les branches du buisson de Mally-Pop s'arrêtèrent de bouger et la tête du cocker émergea.

Inquiet, Tritus vint se coller contre Pompon en gémissant.

À petits pas serrés, tendu sur ses pattes, le dos hérissé, un grondement au fond de la gorge, la queue droite, le grand chien se rapprocha du vieux Pompon. Il en fit le tour deux ou trois fois, le renifla sous tous les angles, renifla aussi le chiot effrayé.

C'était un très grand chien, un animal splendide, plein de force, le poil fauve, le museau pointu, le poitrail large et puissant, les reins souples et évasés, la queue fournie relevée en trompette.

« Retire-toi, le vieux, dit-il à Pompon qui, immobile, battait doucement de la queue. Retire-toi, le vieux, répéta le chien. Retire-toi avec ton chiot. Ce n'est pas à vous que j'en veux. »

Il tourna lentement la tête vers Mally-Pop qui était complètement sorti du buisson.

« Tiens ! Un chien de race ! Un petit toutou à sa mémère ! Qu'est-ce que tu fais là, avorton ?

— Qu'est-ce que ça peut te faire ? » répliqua Mally-Pop, pas du tout impressionné. Lui aussi était tendu, les poils du dos ébouriffés.

« Qu'est-ce que ça peut me faire ? dit l'autre. Tu es sur mon territoire. Tu n'as pas senti mes marques ?

— Non, dit le cocker.

— C'est parce que tu n'as pas de nez, dit le grand chien roux. Tu as été trop élevé chez les hommes. Ton odorat est gâté par toutes les odeurs en bouteille qu'on t'a mises sur la peau. Tu pues ! Et avec tes poils qui pendent, tu ressembles à un hérisson malade ! »

Mally-Pop se raidit sous l'insulte — il détestait les hérissons — et il fit en grondant un pas en avant.

Le grand chien roux n'attendait que cela ; il bondit sur le cocker.

Pompon eut un mouvement comme pour venir en aide à son ami, mais il avait assez l'expérience des combats pour rester en dehors. C'était une affaire entre le cocker et l'inconnu.

Mais Tritus, lui, ne connaissait encore rien aux règles des duels et il sauta sur la patte du chien roux. Heureusement, Pompon le saisit au vol et le retira vivement du tourbillon.

Pendant longtemps, on ne put rien distinguer dans le nuage de poussière soulevé par les deux combattants. On apercevait parfois une patte, un éclair de dents, un morceau de pelage. De tout cela sortait un tumulte d'aboiements, de gémissements, de cris rauques et inarticulés.

Tritus aboyait à tout rompre de sa petite voix. Pompon, tranquille, observait la bagarre en se grattant les oreilles des ongles usés de ses pattes arrière.

Et soudain, tout s'éclaircit. Mally-Pop était sur le dos, la gueule ouverte, les crocs tendus contre les crocs du grand chien roux à quelques centimètres au-dessus. Le grand animal tenait le cocker serré entre ses deux pattes de devant rigides.

Deux ou trois fois, le roux fit semblant d'attaquer le cocker à la gorge et, petit à petit, sentant que l'autre lui était supérieur, Mally-

Pop fit disparaître ses crocs sous ses babines, s'étira en arrière pour présenter sa gorge fragile, reconnaissant ainsi la victoire de son adversaire. Toujours sur le dos, il agita timidement son petit bout de queue.

Le grand chien roux resta quelques instants immobile, toujours tendu sur ses pattes dressées, puis son poil se coucha, ses dents disparurent et il s'écarta enfin en remuant lui aussi la queue.

« Bravo ! dit Pompon. Quelle belle bagarre ! Il y a longtemps que je n'en avais pas vu une comme ça ! Tu t'es bien défendu, Mally-Pop », dit-il au cocker qui, assis dans la poussière, se léchait le flanc. « Je n'aurais pas cru que tu te défendrais aussi bien.

— C'est vrai, reconnut le grand chien ; il s'est bien battu.

— Tu n'as pas de mal, au moins ? s'inquiéta Pompon.

— Non, il n'a rien, dit le roux. Je sais me battre correctement et je n'ai jamais blessé un adversaire dans un duel loyal. »

Il se lécha lui aussi puis dit :

« Qu'est-ce que vous faites ici, sur mon territoire ? Vous n'avez vraiment pas senti mes marques ?

— Vraiment non, dit Mally-Pop. On n'a pas dû faire attention.

— Alors, c'est que je les ai mal faites. Ou la pluie de ce matin les a effacées. »

Il alla renifler deux ou trois arbrisseaux, leva la patte devant chacun d'eux, renifla encore.

« Voilà, dit-il, maintenant on les sent.

— Nous ne faisons que passer, dit Pompon. Nous allons dans la montagne à la recherche de notre ancêtre à tous, Grand-Loup-Sauvage, qui vit encore dans les forêts.

— Ha ! Ha ! Ha ! éclata le grand chien roux. Vous m'en racontez de belles ! Aussi vrai que je m'appelle Nénuphar, je n'ai jamais entendu une chose pareille !

— Pardon ? firent ensemble Mally-Pop et Pompon.

— Pardon quoi ?

— Votre nom, c'est…, dit Mally-Pop.

— Nénuphar… Oui, je sais, ça a l'air ridicule, mais mon homme m'a appelé comme ça. Ou Nénu, pour faire plus court. Mais mon vrai nom de chien, c'est Grand-Chien-Roux-Qui-Est-Très-Fort-Et-Très-Bagarreur.

— Moi, c'est Pompon.

— Moi, c'est Mally-Pop.

— Moi, t'es Titus », dit le chiot.

Les trois autres accueillirent cette affirmation par de grands aboiements joyeux. Vexé, le chiot alla se réfugier entre les pattes de Pompon qui le balaya d'un coup de langue indulgent.

« Alors, comme ça, vous allez à la recherche de Grand-Loup-Sauvage, fit Nénuphar. C'est amusant, parce qu'il y a une chose que vous ignorez, c'est que Grand-Loup-Sauvage n'existe pas. Notre ancêtre à tous, à nous les chiens, c'est le Grand-Chien-Jaune. »

CHAPITRE VII

COMMENT
NÉNUPHAR ET LOA
SE JOIGNIRENT AU GROUPE

« Notre ancêtre à tous, reprit Nénuphar, c'est le Grand-Chien-Jaune.

— Comment peux-tu dire cela ? grogna Pompon.

— C'est ce que, moi, j'ai toujours entendu dire. Quand on nous laisse en liberté et que nous mélangeons toutes les races que nous sommes et qui ont été fabriquées par l'homme, le mélange de tous nos enfants, ce n'est pas le Loup, c'est le Grand-Chien-Jaune. Comme devait être notre ancêtre. C'est un grand chien, puissant, avec la queue en trompette, vif et intelligent. Un peu comme moi. Regardez ! »

Il se redressa de toute sa stature et les autres ne purent que l'admirer, auréolé qu'il était de soleil couchant.

« Mais pourtant je ne suis pas le Grand-Chien-Jaune. Pas moi. Pas encore. Mais peut-être les fils de mes fils le seront-ils.

— Moi, je crois à Grand-Loup-Sauvage et je le trouverai, dit Pompon.

— Tu radotes, grand-père. Tu ne sais pas ce que tu dis.

— Si, le Grand-Setter-Fauve me l'a dit. Et il est au moins aussi malin que toi. Tu peux faire ce que tu veux, dit-il à Mally-Pop, rester ou rentrer chez toi. Mais moi, je continue ma route. »

Il repartit vers le nord sans regarder derrière lui si les autres le suivaient.

Tritus courut après lui.

Mally-Pop resta un moment hésitant, puis il poussa un aboiement d'adieu vers Nénu et se mit en route.

« Vous êtes une belle bande d'imbéciles, tous les trois ! aboya Nénuphar. Mais revenez ! Vous n'allez pas partir comme ça, sans manger. Revenez, je vous invite ! »

En entendant cela, Mally-Pop tourna la tête et revint en frétillant.

« Reviens, vieux fou ! » cria Nénu dans la direction de Pompon.

Et comme celui-ci ne s'arrêtait pas, il prit sa course et, en quelques enjambées souples et rapides, il vint lui barrer le chemin.

« Laisse-moi passer, gronda Pompon. Je vais à la recherche de Grand-Loup-Sauvage.

— On va tercher Tant-Loup-Sauvage ! assura Tritus.

— Bon, d'accord, dit Nénu d'un ton apaisant. Mais avant de poursuivre votre route, venez vous reposer et manger un morceau, je vous l'offre de bon cœur. »

Le vieux chien hésita, puis remua enfin la queue en guise d'accord, imité immédiatement par Tritus.

Le grand chien roux les conduisit en dehors du chemin dans un dédale de fourrés épais et de troncs d'arbres noueux. Arrivé à la lisière d'une petite clairière, il s'immobilisa et lança deux aboiements brefs.

De l'autre côté de la clairière, une voix lui répondit.

« N'ayez pas peur, dit Nénu à ses invités. C'est Loa, ma femelle. C'est une jeune chienne que j'ai recueillie il y a quelque temps. Elle a perdu ses maîtres en courant derrière un oiseau. Elle adore courir derrière les oiseaux, mais elle ne les attrape jamais. »

Loa vint à leur rencontre. C'était une jeune chienne fine et vive, au pelage mêlé, à la fois roux et argenté.

Elle commença à renifler son compagnon et à lui passer délicatement sa langue sur le museau puis à lui mordiller une oreille. Ensuite elle salua convenablement Pompon d'une reniflette devant et d'une reniflette derrière, enfin elle regarda attentivement Mally-Pop avant de venir en frétillant de l'arrière-train vers lui.

« Attention ! gronda Nénu en direction du cocker. Pas de familiarité, c'est ma femelle.

— J'ai compris », dit Mally-Pop en rendant un salut distant et pincé à la jeune chienne.

Celle-ci s'arrêta enfin devant Tritus, l'air tout à fait étonné.

« Qu'est-ce que c'est que ça ? pouffa-t-elle.

— Ça, t'es Titus, aboya le chiot, vexé.

— Comme il est drôle », jappa-t-elle et elle se mit à lui courir autour à toute vitesse. Puis revenant brusquement sur lui, d'un coup de museau, elle le fit rouler dans l'herbe.

Le petit chien comprit que c'était un jeu et bientôt la clairière fut remplie du vacarme de leurs amusements.

« Voilà », dit Nénu avec un coup de tête de grand seigneur en direction d'une carcasse de mouton odorante, déjà à demi rongée, à l'abri des basses branches d'un arbre.

Les autres ne se le firent pas dire deux fois et se précipitèrent à la curée, bientôt rejoints

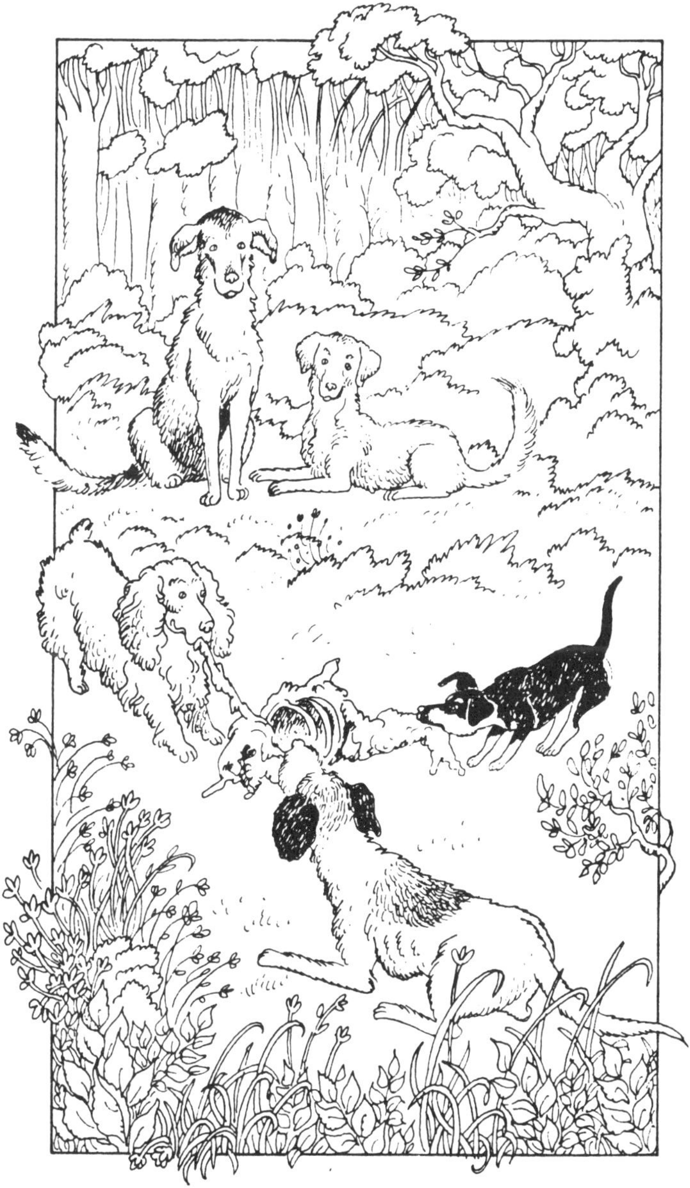

par Tritus qui, affamé, avait abandonné le jeu au grand désespoir de Loa.

Quand ils furent rassasiés, ils se couchèrent en cercle autour du grand chien roux. Tritus, le ventre rond, montra ses petits crocs blancs et pointus à la chienne qui le pressait de reprendre leurs ébats, et s'endormit contre son grand ami Pompon. Loa alla s'aplatir un peu plus loin, la tête posée sur ses pattes, le regard brillant et les oreilles attentives.

« Au sujet de votre Grand-Loup-Sauvage... dit Nénu.

— Ne parlons plus de ça, grogna Pompon.

— Bon, d'accord, n'en parlons plus. Je voulais simplement dire que j'avais envie d'aller avec vous. Ce n'est pas que je croie à votre histoire, mais je n'aime pas rester longtemps au même endroit. Et il y a déjà quelques jours que nous sommes ici, Loa et moi, depuis que nous avons trouvé ce mouton mort.

— Ce n'est pas vous qui l'avez tué ? » demanda Mally-Pop.

Le grand chien frissonna.

« Non, dit-il d'une voix sourde. Non, il a dû mourir tout seul ou avoir un accident et le berger ne l'a pas trouvé. Non, ce n'est pas moi qui l'ai tué, parce que j'ai été chien de berger et que l'homme m'a toujours défendu d'y toucher.

— Vous n'êtes plus chien de berger ?

— Non. Un jour, des hommes sont venus chercher le troupeau. Mon maître m'a amené chez un autre berger, mais je suis parti à sa recherche. Je ne l'ai jamais retrouvé... Je l'aimais bien mon maître... Depuis, j'ai vécu seul jusqu'à ma rencontre avec Loa. »

Et il eut un jappement affectueux vers elle. La chienne fit voler les herbes en remuant la queue.

« Vous devriez vous reposer quelque temps, reprit le grand chien. Le temps que cette carcasse soit finie, comme ça vous serez en forme pour reprendre le voyage. »

CHAPITRE VIII

VICKY

Quelques jours plus tard, quand Tritus eut avalé le dernier petit morceau de viande et qu'il ne resta plus du mouton que quelques os blancs et bien rongés disséminés sur la clairière, les chiens repartirent.

Un peu en avant de la meute, Nénuphar ouvrait la route. De temps en temps, il s'arrêtait pour humer le vent. Parfois, il partait en reconnaissance.

Plus loin derrière venaient Pompon, Tritus et Loa. La chienne tentait bien parfois de rejoindre Nénu, mais le grand chien roux la faisait revenir à sa place d'un grognement.

Pompon avançait toujours du même pas, sans regarder les côtés du chemin, tendu dans sa volonté de trouver Grand-Loup-Sauvage.

Tritus marchait dans les pattes du vieux chien, mais, quelquefois, sans raison apparente, juste par jeu, il se mettait à courir d'un bord à l'autre.

En arrière-garde, rempli du sérieux de son rôle, venait Mally-Pop.

Ils avançaient en silence et leurs rares pauses étaient, elles aussi, silencieuses. Ils se couchaient alors, les uns contre les autres.

Un peu à l'écart, Nénuphar, la tête dressée, surveillait les environs.

Un soir qu'ils reposaient ainsi, à quelques pas d'un sentier, avant de reprendre leur marche, il dressa soudain les oreilles, en alerte. Les autres se figèrent aussi.

Descendant le sentier, ils entendirent des gémissements, des sanglots de chien.

Un peu plus tard, ils virent apparaître dans la pénombre une silhouette massive.

La crinière de Nénu gonfla son dos et ses crocs se montrèrent. Mais, comme l'animal arrivait à leur hauteur, il se calma subitement et sauta, tout fringant sur le sentier, le panache de sa queue fouettant l'air avec vigueur.

L'animal, effrayé, fit un bond en arrière et se coucha dans l'herbe, tremblant.

Nénu vint le renifler et il eut alors la confirmation de ce qu'il avait déjà senti : l'animal inconnu était une chienne.

Elle avait un poil excessivement ras, un museau noir si aplati qu'elle semblait ne pas en avoir. Deux petites oreilles pointues et triangulaires sortaient de sa tête ronde ; la gauche, pliée, lui donnait un air perpétuellement interrogateur. Ses formes rebondies se terminaient en un tout petit bout de queue.

« Bonjour, fit Nénu.

— Bonjour », murmura la chienne qui se remit à trembler en voyant les autres chiens venir la renifler.

Seule Loa restait à l'écart, hérissée, grondante.

« Qu'est-ce que vous faites ici, à pleurer toute seule, sur les chemins ? » demanda Nénu.

La chienne se remit à geindre.

« Quelle pleurnicharde ! aboya Loa avec mépris.

— On ne t'a rien demandé », lui rétorqua Nénu. Il se retourna vers l'autre chienne. « Allons, raconte-nous.

— Je suis perdue... », dit-elle en pleurant.

Les autres chiens aboyèrent joyeusement.

« Mais nous aussi, on est perdus, dit Mally-Pop. On est tous des chiens perdus ! Et personne ne pleure pour ça. Sauf Tritus. »

Mécontent, le chiot jappa dans sa direction.

« Oui, mais moi, ce n'est pas pareil, dit la chienne. Je ne suis pas une chienne de la campagne, je suis de la ville, vous savez ? Alors... j'ai peur !

— Ce n'est pas la peine d'avoir peur, je suis là, dit Nénu.

— Nous sommes là, rectifia Mally-Pop.

— Comment t'appelles-tu ! demanda Nénu.

— Je m'appelle Vicky, répondit-elle.

— C'est tout, tu n'as pas un vrai nom de chien ?

— Non. Je ne savais même pas qu'il y en avait. »

Les autres se présentèrent. Sauf Loa.

« Vous comprenez, je ne fréquente pas grand monde chez les chiens. Mes maîtres n'aiment pas. Il y en a qui sont vraiment trop mal élevés. Ils m'aboient après quand je passe en laisse dans la rue.

— Ce n'est pas Nénu qui ferait ça ! souffla Mally-Pop.

— Nous étions venus nous promener en voiture, pour prendre un peu l'air et nous dégourdir les pattes, poursuivit Vicky. Et puis... j'ai vu un chat. Il faut vous dire que je n'aime pas les chats. J'ai couru, j'ai couru. Et quand il a disparu, il faisait nuit et j'étais toute seule et je ne savais plus du tout où j'étais. »

Elle recommença à pleurnicher.

« Arrête un peu, grogna Loa. Tu nous embêtes avec tes jérémiades. »

Vicky se redressa et faillit sauter sur la chienne argentée.

« Paix, dit Nénu en s'interposant. C'est moi qui commande ici et je ne veux pas de bagarres. »

Les deux chiennes se calmèrent sans cesser de se jeter des coups d'œil mauvais.

« Pourquoi tes oreilles sont comme ça ? demanda Mally-Pop.

— On me les a coupées quand j'étais petite.

— Et ta queue aussi ? interrogea le cocker.

— Oui, c'est pour que ça fasse plus joli. C'est beau, n'est-ce pas ? demanda-t-elle à Nénu et à Mally-Pop en frétillant de l'arrière-train.

— Pouah ! fit Loa.

— Mais c'est horrible ! cria Mally-Pop. Tes maîtres doivent être très méchants !

— Les hommes sont fous, dit Pompon.

— Mais non ! Mes maîtres sont très gentils. Je voudrais bien les retrouver. Oh ! Comme je voudrais les retrouver !

— Elle aussi est folle, dit Pompon. Les hommes lui ont coupé les oreilles et la queue et elle veut aller les retrouver !

— Mais je les aime ! assura Vicky avec un sanglot. Ils m'aiment aussi. Ils n'ont que moi. Avant il y avait des enfants à la maison, mais, maintenant, il n'y a plus personne que nous trois. Je dois m'occuper de mes maîtres, c'est mon rôle, c'est pour ça que j'existe. Ah ! si je n'avais pas couru derrière cet horrible chat !

— Elle est folle ! répéta Pompon.

— Je ne sais pas..., dit tout bas Mally-Pop qui pensait soudain à sa maîtresse.

— Tu vas rester avec nous. Tu vas venir à la recherche de Grand-Loup-Sauvage, dit Nénu.

— Je me moque de votre Grand-Loup-Sauvage, dit Vicky. Je veux mes maîtres.

— Nous t'aimerons bien, dit Nénu. Tu les oublieras.

— Je ne crois pas, dit la chienne boxer. Je ne crois pas. »

La meute repartit augmentée de Vicky qui marchait tristement à côté de Pompon. Tritus, par ses cabrioles, essayait de la dérider.

Au bout d'une heure, ils arrivèrent au bord d'une route et commencèrent à traverser.

Soudain, débouchant d'un virage, il y eut un bruit de moteur et ils se trouvèrent tous paralysés par un faisceau de lumière vive.

Les phares s'arrêtèrent à quelques mètres, on entendit un grand cri de femme :

« Vicky ! C'est toi, ma fifille ! Viens ici ! Qu'est-ce que tu fais là avec ces voyous de chiens errants ? Viens, ma chérie, viens ma fifille ! »

Sans un regard pour les autres chiens, Vicky bondit vers la voiture. Elle poussait des râles de joie.

Les phares s'éloignèrent. Délivrés de leur paralysie, les chiens bondirent dans le fossé.

CHAPITRE IX

LA CHASSE DE MALLY-POP

« Arrivons-nous à la montagne ? demandait Pompon à Nénu.

— Non, répondit le grand chien. Je connais cette région, nous allions y garder les troupeaux. Nous allons arriver sur un plateau. La montagne est plus loin. »

Quand ils arrivèrent sur le plateau, sec, aride, cailloux et sauvage, ils ne trouvèrent plus à se nourrir.

Plus de villages : plus de décharges ; plus de routes : plus de dépouilles d'animaux écrasés.

Ils marchèrent deux jours, conduits par le chien roux qui les dirigeait de point d'eau en point d'eau.

Au soir du troisième jour, quand fut venu le moment de se remettre en route, Loa resta couchée sur le sol, la langue pendante.

« Je ne partirai pas, dit-elle en gémissant doucement. Au diable votre Grand-Loup-Sauvage ! Vous êtes fous ! J'ai trop faim et je ne peux plus marcher.

— Moi t'aussi », geignit Tritus.

Nénu vint les renifler, passa sa langue sur la truffe sèche de Loa. Comme elle ne réagissait pas, il essaya de la faire bouger en la poussant de l'épaule, puis il se mit à gronder.

« Lève-toi, partons ! »

La chienne n'obéit pas. Elle se contenta de le regarder en silence de ses grands yeux tristes.

« Nous avons tous trop faim, dit Mally-Pop. Nous n'irons pas beaucoup plus loin sans manger. »

Il entraîna Nénuphar à l'écart.

« Regarde le vieux Pompon. Il ne dit rien. Il ne bouge pas. Il est prêt à partir, mais je suis sûr que s'il ne mange pas, il va mourir bientôt. Sans avoir vu Grand-Loup-Sauvage.

— Grand-Loup-Sauvage n'existe pas, grogna Nénu.

— Ça ne fait rien, dit le cocker, lui croit qu'il existe. Nous devons l'aider.

— Mais comment ?

— Chassons !

— Chasser ? dit Nénuphar ; mais comment ? J'étais juste un chien de berger. Je n'ai jamais appris. Au contraire, j'étais toujours puni quand je laissais les moutons pour courir derrière un lapin ou derrière un lièvre. Et toi, chienchien à sa mémère ? Tu ne vas peut-être pas me dire que tu sais chasser ?

— Je suis peut-être un chienchien à sa mémère, mais je n'abandonne pas mes amis. Et puis, j'ai du flair. Et puis, j'ai beaucoup discuté avec des amis, avec mon ami Nadau en particulier, le cocker noir, qui est un vrai champion.

— Bon, fit Nénu estomaqué par l'assurance tranquille du cocker. Mais comment va-t-on faire ?

— Reste là, puisque tu ne sais pas chasser, dit le cocker avec un peu de mépris. Reste là, caché sous ce buisson, ouvre l'œil et attends. Je m'en occupe. »

Subjugué, le grand chien roux alla se tapir dans l'ombre d'un genévrier.

En silence, le nez au sol, le cocker se mit à faire des cercles de plus en plus grands autour de l'endroit où se reposait la meute.

Son nez saisissait de temps en temps de faibles odeurs d'animaux vivants, mais, trop ténues ou trop anciennes, elles ne l'intéressaient pas.

Il chercha longtemps et il s'apprêtait enfin à abandonner, déjà vexé de revenir bredouille vers Nénu quand, soudain, ses narines palpitèrent. Entre deux touffes de thym, une odeur puissante venait de lui chatouiller la truffe. C'était un fort relent d'herbes mâchées, de fourrure épaisse, d'urine acide, une odeur qui le fit frémir des pattes à la tête.

« Bon sang ! se dit-il. C'est maintenant qu'il faut que je me rappelle les leçons de mon ami Nadau, l'as des chasseurs. »

Il suivit le fil de l'odeur, aperçut deux poils gris sur une épine de ronce. La piste était fraîche.

Soudain, le cocker doré se figea, absolument immobile, une patte repliée sous lui. Il apercevait sous un buisson la forme ramassée d'un gros lièvre roux, les yeux ronds rivés sur lui.

Les pensées se succédaient à toute allure dans la tête du chien.

« Attention ! Il est là ! Il m'a vu ! Qu'est-ce que je dois faire maintenant ? D'après ce que m'a dit Nadau, il reste comme ça en arrêt jusqu'à ce que son maître arrive avec son fusil, mais je n'ai pas de maître et je n'ai pas de fusil... Il vaut mieux maintenant que je fasse comme me l'indiquait Taïaut, le chien courant. »

Sans avertissement, il se précipita en avant en donnant de la voix.

Le lièvre fit un bond prodigieux et détala de toute la force de ses quatre pattes à ressort. Le cocker déboula derrière lui.

Le lièvre courut longtemps. Il allait beaucoup plus vite que le chien, mais chaque fois qu'il croyait l'avoir perdu et qu'il commençait à se reposer, ses flancs se soulevant frénétiquement, il entendait à peu de distance la voix claire du cocker qui suivait sa trace.

À plusieurs reprises, le lièvre essaya de brouiller sa piste. Il partait d'un côté, faisait quelques mètres, revenait en arrière, repartait dans un autre sens, répétait l'opération plusieurs fois. Puis, à grands bonds, il sautait sur quelques tas de pierres, ne touchant les cailloux que de la toute dernière extrémité des pattes.

Mais Mally-Pop ne se laissait pas désorienter par les multiples fausses pistes. Il tournait à chaque fois en cercles qu'il élargissait et, quand il était sûr d'avoir retrouvé la bonne voie, il repartait, le nez collé au sol, aspirant de toutes ses forces les moindres parcelles d'odeur de sa proie.

Et, petit à petit, après une longue course sur le plateau, Mally-Pop obligea le lièvre fatigué et angoissé à revenir vers son point de départ.

Pendant quelques instants, le lièvre se crut alors sauvé. Dans sa petite tête enfiévrée de peur et de fatigue se formait l'image d'un tronc d'arbre creux qui lui avait permis plusieurs fois d'échapper, en se cachant, à des renards ou à des chasseurs.

Il rassembla ses dernières forces et se défila le long d'un buisson de genévrier.

Comme la foudre, Nénuphar, qui depuis un moment avait entendu la chasse se rapprocher et qui se tenait prêt, tous les sens en alerte, tomba sur lui et lui brisa les reins d'un seul coup de ses puissantes mâchoires.

Quand ils se furent tous rassasiés, Nénu se tourna vers Mally-Pop et dit :

« Jamais plus je ne dirai que tu es un chienchien à sa mémère.

— Merci », dit le cocker.

CHAPITRE X

COMMENT MALLY-POP
SE RETROUVA PRISONNIER

Ils poursuivirent leur route et arrivèrent enfin au bord du plateau.

De l'autre côté d'une vallée étroite, creusée en gorges, apparaissaient les premiers contreforts de la montagne dont les sommets s'estompaient dans la brume.

Pompon s'arrêta et, s'asseyant sur son arrière-train, il contempla le paysage.

« Grand-Loup-Sauvage est là. Je le sais. Je le sens. »

Ils descendirent avec précaution les pentes abruptes du plateau. De temps en temps, Nénu était obligé d'attraper le chiot par la peau du cou pour lui faire franchir des passages difficiles.

Quand ils arrivèrent au fond de la vallée, ils se précipitèrent tous vers la rivière. Enfin de la bonne eau fraîche et saine après celle, toujours plus ou moins croupie, des trous du plateau.

Ils sentirent la force revenir dans leurs membres et, joyeusement, Loa, Tritus et Mally-Pop entamèrent une grande partie de poursuites et de combats pour rire.

« Nous devrions nous reposer ici quelques jours, dit Nénu à Pompon. Il y a de l'eau, une route qui ne passe pas loin et je sens les odeurs d'un village.

— Faites comme vous voulez, dit le vieux chien. Moi, je vais continuer. Je sens quelque chose de glacé en moi qui me dit que je n'en ai plus pour longtemps. Restez, je ne suis plus loin de la montagne et de Grand-Loup-Sauvage maintenant.

— Non, répondit le grand chien roux. Nous ne t'abandonnerons pas. Mais avant de traverser la rivière et de monter l'autre pente, il nous faut chercher quelque chose à manger. Voilà deux jours que Mally-Pop n'a rien chassé. Il n'a pas eu de chance, car c'est vraiment un grand chasseur. »

Le cocker entendit le compliment.

« Merci, Nénu, dit-il. Mais j'aurai peut-être plus de chance ici. Viens avec moi et je t'apprendrai. Comme tu cours plus vite que moi, peut-être pourras-tu rattraper un lapin ou un lièvre à la course quand je l'aurai repéré. »

Ils s'en allèrent tous deux le long des haies. Mally-Pop reniflait le sol avec compétence.

« Tu vois, disait-il à son ami, ça, c'est une vieille trace de lapin, ce n'est pas la peine de la suivre... Là, une perdrix s'est arrêtée pour manger dans cette fourmilière... Ah... voilà qui est mieux... C'est une piste où des lapins marchent souvent, on ne doit pas être loin de leur garenne... »

La trace le conduisit dans la haie, il s'engagea dans une trouée. Nénu s'apprêtait à le suivre quand il y eut un grand bruit de feuilles froissées et un gémissement. Il se précipita. Couché sur le flanc, le cocker respirait avec difficulté.

« Mally ! Qu'est-ce qu'il y a, mon vieux ? Qu'est-ce qu'il y a ?

— Mon cou... mon cou... », gémit le cocker avec une drôle de voix.

Nénu renifla son ami. Autour de son cou, il y avait un fil d'acier serré dans les poils, un nœud coulant dont le bout était attaché à un petit tronc d'arbre.

« Un collet..., dit-il. Un collet comme ceux que mon maître le berger plaçait pour attraper

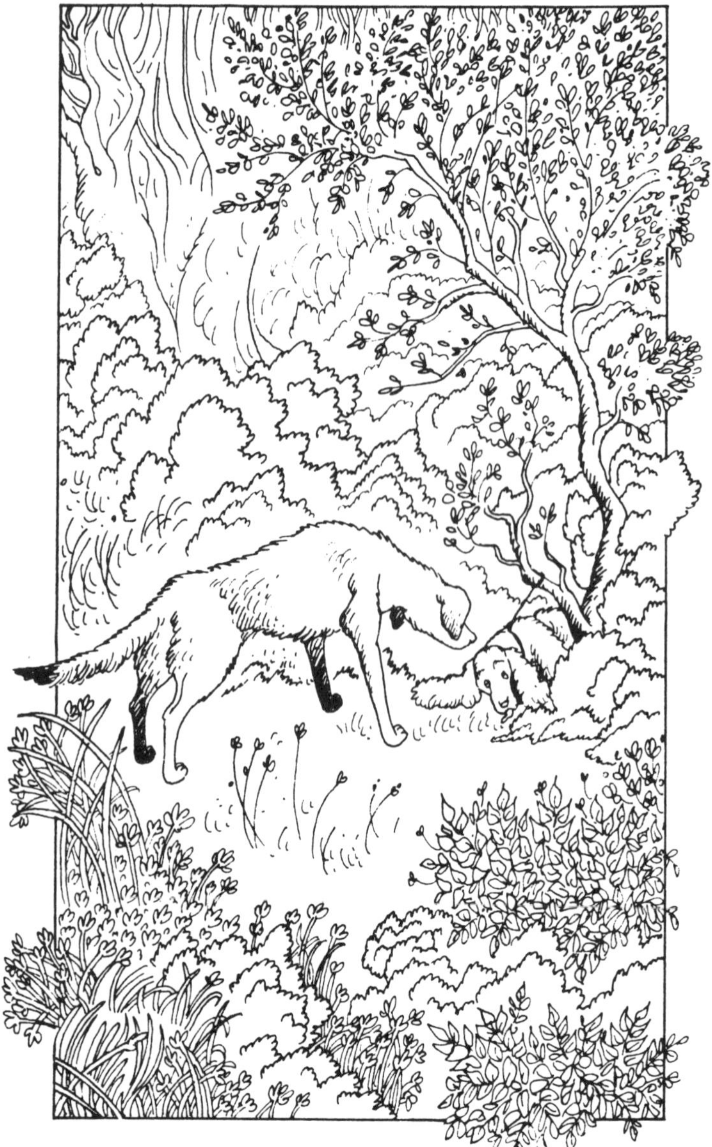

les lapins. Ne bouge pas, ne bouge surtout pas, sinon tu serais étranglé.

— J'ai mal », gémit Mally-Pop.

Nénuphar s'attaqua de la dent au tronc d'arbre. Il fit voler l'écorce et ses mâchoires puissantes commencèrent à ronger le bois. Il rongea et rongea aussi vite qu'il put. Mais bientôt, épuisé, il dut s'arrêter. Le tronc était à peine entamé.

Il souffla un peu et allait reprendre son travail quand il entendit un bruit.

« Un homme ! dit-il avec un grondement dans la voix. C'est lui qui a posé ce collet. Je vais l'attaquer, ce...

— Non, fit Mally-Pop avec effort. Il me délivrera. »

Les pas se rapprochaient, lourds, tranquilles. Nénu se coula en silence sous un buisson où il se rendit invisible. Mais les poils de son dos étaient hérissés et il découvrait ses crocs étincelants. Si jamais l'homme faisait du mal à son ami !...

L'homme apparut, il se dirigea vers la haie, se baissa. Il eut un violent sursaut en arrière.

« Qu'est-ce que c'est que ça ? » jura-t-il.

Il se pencha encore.

« Mais c'est un chien ! C'est même un cocker ! Qu'est-ce qu'il fait là ? Et il est pris dans mon collet ! Ne bouge pas, dit-il à Mally-Pop, ne bouge pas, je vais t'enlever ça. »

De ses mains expertes, il délivra le chien de l'horrible pression du fil d'acier. Mally-Pop poussa un grand soupir. Il releva un peu la tête, lécha la main de l'homme puis se laissa retomber sur le flanc.

« Mon pauvre vieux, dit l'homme. On dirait que tu es mal en point. Je vais te ramener à la maison, te soigner, et après on cherchera tes maîtres. Un joli chien comme toi doit avoir des maîtres... » Et il y aura peut-être une récompense, pensa-t-il.

Il souleva le chien, le prit dans ses bras.

« Il doit y avoir un moment que tu es perdu, mon vieux. Tu ne pèses pas bien lourd. »

Il s'éloigna dans la direction du village.

Pendant un instant, Nénu avait pensé l'attaquer. Mais le ton de l'homme lui avait appris qu'il n'avait aucune intention malveillante envers son ami. Et, au fond de lui, toute son enfance, toute son éducation lui interdisait de le faire.

« Qu'est-ce qu'on va faire ? demanda-t-il en terminant son récit aux autres chiens.

— Rien. Nous ne pouvons rien faire, dit Pompon. L'homme le soignera et le traitera bien. Il retournera chez sa maîtresse. Il faut traverser la rivière et partir.

— Non, dit Nénu. Je ne l'abandonnerai pas.

— Alors, je vais partir seul, dit le vieux chien. Je ne peux plus attendre.

— On va tartir, dit Tritus.

— Les enfants se taisent, grogna Nénu. Écoute, Pompon, je vais aller voir au village ce que je peux faire pour Mally-Pop. Si je ne suis pas revenu au lever du soleil, tu pourras partir. Mais Tritus et Loa resteront là à m'attendre. Nous essaierons ensuite de te rejoindre.

— D'accord, dit Pompon. Dès que le soleil se lève, je pars. »

À grandes foulées souples, Nénuphar se dirigea vers le village.

Dès qu'il eut atteint les premières maisons, ce fut un concert de hurlements de la part de tous les chiens domestiques enfermés pour la nuit. Ils insultaient ce chien libre dont l'odeur inconnue venait les assaillir jusque dans leurs chenils ou sous les tables familiales.

Nénu s'assit à un carrefour et dressa ses oreilles dans toutes les directions.

Au milieu de toutes les insultes, de tous les défis que lui lançaient les autres chiens, il parvint soudain à entendre une voix ténue qui appelait :

« Né-nu !... Né-nu ! »

Avec un jappement de joie, il bondit en avant et, toujours guidé par les appels de son ami, il arriva enfin près d'une ferme un peu isolée.

Une autre voix se mêla à celle de Mally-Pop.

« Va-t'en, rôdeur, passe ton chemin ! Va-t'en, sinon mon maître va se réveiller et il te tirera un coup de fusil ! Va-t'en, chapardeur, tu es sur mon territoire, tu n'as pas senti mes marques ? »

En se rapprochant encore, Nénu entendit Mally qui disait :

« Tais-toi, Karass, c'est mon ami Nénuphar qui vient aux nouvelles. Sois gentil, ne crie plus, c'est un ami. »

L'autre chien se calma, mais il continua à gronder fortement.

« Nénu ? fit doucement le cocker. Avance, nous sommes derrière un grillage. »

Le grand chien roux se rapprocha et découvrit son ami. Mally-Pop était maintenant sur pied et il ne semblait pas avoir trop souffert de son étranglement.

« Ça va ? demanda Nénu.

— Oui. Très bien. J'ai encore un peu mal au cou, mais ça ne durera pas. J'ai bien mangé, tu sais ? La pâtée est vraiment de première classe. Pas vrai, Karass ? »

Nénu aperçut un énorme chien-loup qui se rapprochait. Ses poils se hérissèrent, mais le cocker le calma de la voix.

« C'est un ami. C'est un très brave chien. N'oublie pas, tu es sur son territoire, tu es invité, conduis-toi comme un invité. »

Pour montrer sa bonne volonté, Nénu remua la queue et Karass et lui se reniflèrent à travers les mailles du grillage.

« Allons, viens, Mally-Pop. Il nous faut partir, maintenant. Le vieux Pompon ne veut pas nous attendre. Et je ne veux pas qu'il parte seul. Viens, partons.

— Mais tu n'as rien compris, fit le cocker stupéfait. Je ne peux pas partir. Je suis enfermé. »

CHAPITRE XI

COMMENT LOA
NOURRIT SES AMIS

« Tu n'as pas l'air très malin, grommela Karass. Tu crois que ton ami Mally-Pop serait resté là s'il avait pu s'échapper ?

— Je n'en sais rien, dit Nénu. Je croyais qu'il était malade, trop faible pour partir.

— Si j'étais dehors, je saurais bien ouvrir la porte, dit le chien-loup. J'ai bien regardé mon maître, il n'y a qu'un loquet à soulever.

— Essaye, Nénu ! Essaye ! dit le cocker.

— Ça m'étonnerait que ton copain y arrive, il n'a vraiment pas l'air malin », dit Karass.

Sans relever le ton de moquerie, Nénu fit le tour du grillage. Il y avait une porte, en effet, et il se dressa contre elle. Il y avait une tige de fer qui se coinçait dans un logement et elle était tout imprégnée de l'odeur de l'homme. Il commença à la mordre et à la tirer de toutes ses forces.

« Pas comme ça, fit le chien-loup. Tu n'arriveras à rien qu'à te faire mal aux dents. Soulève un peu vers le haut avec ton museau. »

Nénu s'exécuta. Il sentit le froid du métal sur sa truffe délicate et il poussa. En vain.

« C'est trop dur, souffla-t-il. Ça me fait mal.

— Essaye encore, gémit Mally-Pop. Je ne veux pas rester là, je veux aller avec vous. »

Le grand chien roux appuya de toutes ses forces sur la tige de fer. Il sentit sa truffe se déchirer et l'âcre goût du sang, de son propre sang, lui envahir la gueule. Mais la tige se souleva et, quand Nénu retomba sur ses pattes, le cocker n'eut qu'à pousser la porte pour se retrouver dehors.

« Merci, dit-il.

— Tu vois que je suis pas aussi idiot que tu le croyais, dit Nénu à Karass qui était parti se coucher au fond du chenil.

— C'est vrai, reconnut le chien-loup.

— Tu viens avec nous ? lui demanda Mally-Pop.

— Avec vous ? grogna Karass. Non, mais, vous n'êtes pas un peu malades ? Pour mourir de faim comme vous ? Pour être étranglé par un collet ? Pour me retrouver enfermé chez n'importe quel homme ? Non merci. Je suis bien ici. La pâtée est excellente, on me la sert à des heures régulières et mon maître n'est pas embêtant. C'est tout ce qu'il me faut. Je reste là. Mais refermez bien la porte en partant.

— Refermer ? dit Nénu avec un brin de mépris.

— Oui, sinon, j'aurais peut-être envie de partir... et je ne le veux pas. »

En s'appuyant sur la porte, Nénu fit retomber la barre dans son logement.

« Tu es un drôle de chien, dit-il en direction du chien-loup qui semblait s'être déjà endormi dans son coin. Moi, je préfère mourir de faim, mourir de froid, avoir peur, avoir mal, mais être libre. »

Le cocker et le grand chien roux s'en furent dans les rues désertes du village endormi.

« Loa a disparu, leur dit Pompon quand ils l'eurent rejoint.

— Oh non ! Ce n'est pas vrai ! gémit Nénu en se léchant la truffe douloureuse.

— Elle n'a rien dit, signala le vieux chien. Je croyais qu'elle était allée vous rejoindre. »

Au même moment, vers le village, il y eut un grand vacarme d'aboiements, un grand bruit de plumes froissées et de gloussements de volailles. Puis, un peu plus tard, un coup de fusil.

« Loa ! hurla Nénu. Loa ! »

Il y eut un moment de silence et, déjà, le grand chien se préparait à retourner vers les habitations, quand la jeune chienne apparut au détour du sentier. Toute frétillante, elle portait un énorme coq mort entre ses mâchoires.

« Loa ! » s'écrièrent-ils tous, ce qui réveilla Tritus depuis longtemps endormi contre Pompon.

« Eh bien quoi, Loa ? dit la chienne. J'apporte à manger. Si je n'étais pas là, je me demande comment vous vous débrouilleriez. Voilà le repas, dit-elle en déposant le coq encore chaud à leurs pieds. Ça n'a pas été difficile. Je me suis régalée ! Pour une fois que j'attrape un oiseau...

— Et le coup de fusil ? demanda Nénu. Tu n'es pas blessée ?

— Le coup de fusil ? Quel coup de fusil ?

— Mais on l'a entendu ! s'exclama Mally-Pop.

— Ce grand bruit que j'ai entendu, c'était un coup de fusil ? » s'écria la chienne, tremblante.

Quand il ne resta plus du coq que des plumes éparses dans l'herbe, la meute se prépara au départ.

« Il y a un pont dans le village, dit Nénu, mais nous ne pouvons pas y passer. Tous les hommes doivent être en alerte avec les exploits de Loa, et la fuite de Mally a peut-être été découverte. Nous risquons des coups de fusil. Il faut traverser la rivière à gué. »

Ils descendirent la rive, cherchant à distinguer, dans la demi-clarté de l'aube, l'endroit le plus propice pour franchir l'obstacle.

Cela semblait difficile. Encaissée entre deux falaises, la rivière coulait fortement et elle ne s'élargissait qu'en de rares endroits.

Ils trouvèrent enfin une place où, dans une courbe, l'eau s'étalait un peu plus et paraissait ralentir.

Nénu s'avança et très vite l'eau lui arriva au poitrail. Il se lança alors à la nage et quelques mètres plus loin ses pattes touchèrent le gravier. Il remonta sur l'autre rive.

« Ce n'est pas trop difficile », cria-t-il dans la direction où les chiens, serrés les uns contre les autres, attendaient.

Avec des précautions presque comiques, comme si l'eau allait tacher son beau pelage argenté, Loa avança, puis nageant souplement elle vint le rejoindre et s'ébroua longuement pour se sécher.

Mally-Pop la suivit, ses longs poils flottant comme des algues autour de lui.

« Et moi ? Et moi ? Et moi ? » gémit Tritus très effrayé par l'eau courante.

Nénu revint, le saisit dans sa gueule par la peau du cou et, lui maintenant la tête au-dessus des flots, il le fit traverser.

Il ne restait plus que le vieux Pompon.

Il avança bravement dans l'eau et, dès que ses pattes quittèrent le sol, il commença à nager.

Mais le courant était bien trop fort pour ses pauvres forces et il fut entraîné loin de la rive de sable où l'attendaient ses compagnons.

« Pompon ! » cria Nénu en s'élançant sur la rive.

On voyait la tête du vieux chien plonger et émerger dans les remous. Il descendait la rivière à une allure folle, tournoyant sur lui-même.

En courant, Nénu prit un peu d'avance et, quand il vit le vieux chien à sa portée, il plongea dans l'eau bouillonnante, happa une oreille au hasard et, nageant de toutes ses forces, il parvint à entraîner son ami près du bord, là où l'eau se calmait sur les herbes du fond.

Ses griffes s'accrochèrent dans le sable et son corps puissant retint celui de Pompon.

Épuisés, ils remontèrent sur la rive où ils s'écroulèrent, haletants.

Les yeux du vieux chien semblaient avoir pris la teinte glauque de l'eau et il respirait à petits coups rauques ; tout son corps frissonnait.

« Grand-Loup-Sauvage... Grand-Loup-Sauvage... », gémissait-il.

CHAPITRE XII

GRAND-LOUP-SAUVAGE

Il fallut deux jours au vieux chien pour se remettre. Tour à tour, les autres venaient s'étendre près de lui pour lui donner un peu de leur chaleur, lui lécher longuement sa truffe séchée et fendillée par la fièvre.

Pour les nourrir, Loa refit de nouvelles incursions dans les poulaillers du village. Mais maintenant les hommes étaient sur leurs gardes et, le dernier soir, elle rentra bredouille.

« Je crois que j'ai assez de forces pour repartir, dit le vieux chien. Il faut partir, sinon les hommes vont venir avec leurs fusils et je ne voudrais pas qu'il vous arrive quelque chose à cause de moi. »

Ils quittèrent les bords de la rivière et escaladèrent avec peine la falaise par des sentiers étroits et traîtres.

Nénu et Mally-Pop soutenaient le vieux

chien dans les passages difficiles et Loa s'occupait de Tritus. Mais il n'avait plus beaucoup besoin d'aide. Il était devenu un tout jeune chien déjà fort, presque sage et il ne s'écartait jamais trop.

Au sommet de la falaise, la pente continuait, mais plus douce.

Au fil des jours, ils montaient et montaient toujours.

L'automne avait dégarni les arbres après les avoir parés de ses plus belles couleurs et l'air se faisait plus vif.

De temps en temps, une pluie glacée les assaillait et, frissonnants, ils se couchaient les uns contre les autres et de leurs gueules s'élevaient de courts panaches de vapeur.

Un jour, la neige se mit à tomber.

Une sorte de folie parut s'emparer de Tritus et de Loa. Ils couraient après les flocons blancs, tentaient de les happer avec de grands clac ! de leurs mâchoires, se poursuivaient à grands bonds, se roulaient dans la fine couche déposée sur le sol.

Ils se nourrissaient facilement. Le gibier était abondant et les sens de Mally-Pop s'étaient aiguisés. Dès qu'il tombait sur une trace, il savait déjà ce qu'il allait trouver, et il ne partait plus comme avant au derrière d'un tout jeune lapereau qui donnait presque autant de mal à traquer qu'un vieux mâle plein d'expérience, mais qui ne fournissait à la meute que quelques bouchées de nourriture fade.

Nénu aussi avait fait des progrès mais, le plus souvent, il se contentait d'attendre au détour d'un buisson que le cocker rabatte la proie sur lui.

Chassant, mangeant, dormant le jour, marchant la nuit, ils traversèrent les forêts noires et atteignirent un jour le sommet de la montagne.

C'était un endroit désolé où le vent glacial soufflait sans obstacle.

La meute s'arrêta et s'assit. Aussi loin que le regard pouvait porter, ce n'étaient que moutonnements de forêts givrées de neige au sommet, sombres plus bas.

Ils tendirent l'oreille et reniflèrent à tous les horizons. Nulle part ne se faisait sentir la présence de l'homme.

« Nous sommes au sommet de la montagne, dit Nénu en se retournant vers Pompon. Nous sommes arrivés.

— Oui, dit le vieux chien.

— Nous sommes arrivés et nous n'avons pas trouvé Grand-Loup-Sauvage », dit Nénu, doucement.

Le vieux chien laissa errer son regard mélancolique sur le paysage.

« Non, murmura-t-il avec peine au bout d'un moment. Nous n'avons pas trouvé Grand-Loup-Sauvage... »

Et comme le vent se faisait plus fort et que la neige se mettait à tomber en tempête, ils descendirent tristement vers la forêt.

La nuit était là, glaciale. Enroulés, serrés autour de Pompon agité d'un long tremblement, les chiens s'endormirent.

Soudain, au milieu de la nuit, Nénu se réveilla en sursaut. À son côté, la place du vieux chien était vide, déjà froide.

« Debout, tous ! cria le grand chien roux en sautant sur ses quatre pattes. Debout ! Pompon est parti ! »

Les autres se levèrent en silence, s'ébrouèrent.

« Il est malade, nous ne pouvons pas le laisser seul, dit Nénu. Mally, passe devant, suis sa trace. »

La piste était déjà un peu ancienne à l'odorat, mais on la distinguait parfaitement sur l'épais tapis de neige. À la queue leu leu, les chiens la suivirent.

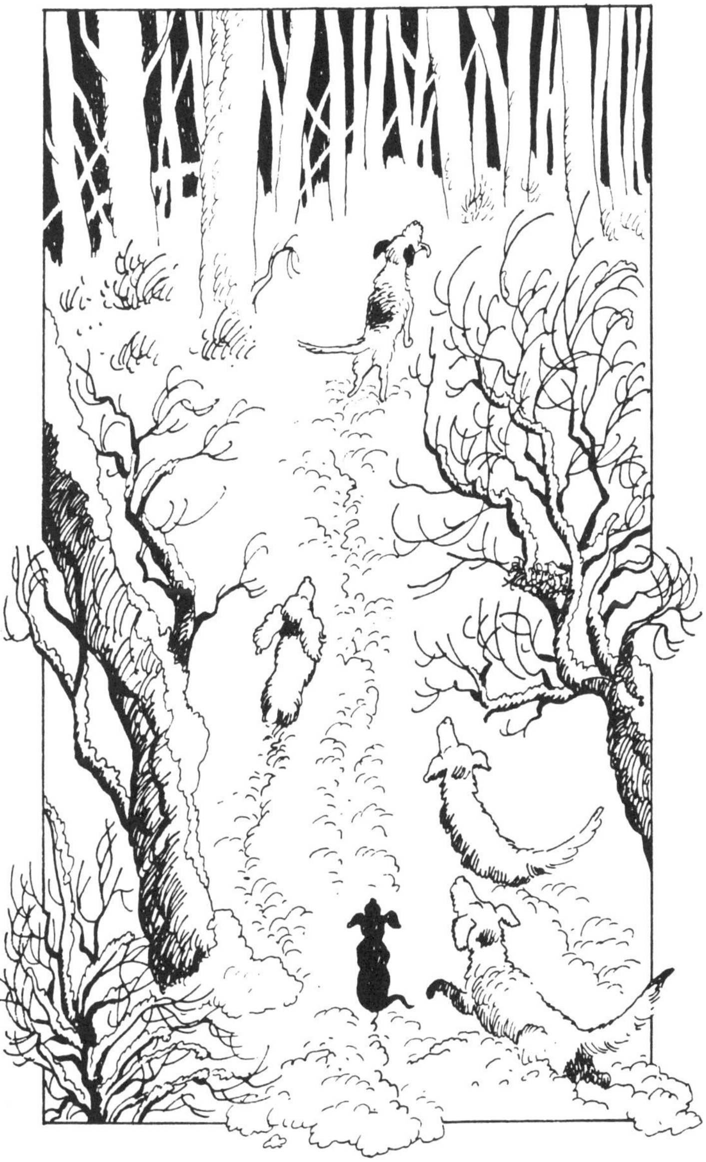

Elle remontait entre les arbres. On voyait parfaitement que le vieux chien était parti lentement et que, parfois, épuisé, il s'était laissé tomber dans la neige en un creux qui conservait encore un peu de son odeur.

Ils marchaient le plus vite possible, courant presque. Soudain, Mally-Pop lança un aboiement d'avertissement.

Devant eux, noir sur la blancheur de la neige, ils aperçurent le vieux chien qui se traînait plus qu'il ne marchait.

En quelques bonds, ils furent à ses côtés.

« Pompon, Pompon, fit Nénu avec un tremblement dans la gorge. Pourquoi t'en vas-tu ? Pourquoi nous quitter, nous, tes amis ? »

Le vieux chien se retourna vers lui et retroussa ses babines dans ce sourire qui lui était si particulier et qu'ils n'avaient pas vu depuis longtemps. Ses yeux étincelaient.

« Grand-Loup-Sauvage, souffla-t-il, Grand-Loup-Sauvage !

— Reviens avec nous, Pompon, reviens à l'abri, dit Mally-Pop en pleurant.

— Il délire, dit Nénu.

— Non, fit le vieux chien. Grand-Loup-Sauvage est là. Je le sais. Je l'ai senti. »

Et, avant que les autres, stupéfaits, n'aient réagi, il rassembla ses forces et s'élança en courant vers le haut de la pente.

La meute le rejoignit enfin devant un trou noir qui s'enfonçait dans le sol.

« Il est là ! Je vous dis qu'il est là ! dit-il tremblant d'excitation. Il est là, Grand-Loup-Sauvage ! »

Il s'enfonça dans la grotte et, après quelques instants d'hésitation, les autres le suivirent.

Le boyau creusé dans le sol tournait et retournait. Au fur et à mesure qu'ils descendaient, une odeur forte et étrange montait vers eux.

Ils débouchèrent enfin sur les pas du vieux chien dans une cavité plus large où l'odeur se fit si forte que leurs poils se dressèrent sur leur dos et qu'un grondement jaillit de leur gorge.

De l'autre côté de la grotte, un autre grondement leur parvint, rauque, puissant, inconnu.

Les yeux exercés des chiens aperçurent dans les ténèbres deux yeux brillants encadrant un fin museau sortant d'une masse énorme de fourrure fauve.

« Grand-Loup-Sauvage ! s'écria Pompon. Je t'ai trouvé, Grand-Loup-Sauvage ! Je suis heureux ! »

Il poussa un profond soupir, s'affaissa sur lui-même et ne bougea plus.

Épilogue

Pendant longtemps, il n'y eut plus dans la grotte qu'un silence entrecoupé des lointains hurlements du vent et des gémissements de Tritus qui se pressait contre le corps sans vie de son vieil ami.

Le loup parla enfin. Sa voix était forte mais lasse, d'une lassitude extrême.

« Vous m'avez trouvé. Vous y avez mis le temps, mais vous m'avez trouvé. Appelez vos maîtres. Faites votre travail.

— Nos maîtres ? Notre travail ? dit Nénu, stupéfait. Nous n'avons pas de maîtres, Grand-Loup-Sauvage. Nous sommes simplement venus pour te voir, toi, notre ancêtre à tous. Nous te saluons, Grand-Loup-Sauvage. »

Le loup éclata d'un long hurlement qui ressemblait à un rire.

« Grand-Loup-Sauvage ! Grand-Loup-Sauvage ! Votre ancêtre à vous, les chiens ! Vous ne savez donc pas qui je suis ?

— Tu es Grand-Loup-Sauvage, dit Mally-Pop d'une voix tremblante.

— Non, dit le loup. Je ne suis pas Grand-Loup-Sauvage. Je ne sais même pas si Grand-Loup-Sauvage existe. Je ne suis qu'un vieux loup qui vivait dans un zoo, là-bas, loin, près de la ville. Seul dans un enclos, entre un singe et des kangourous.

— Qu'est-ce que c'est, un singe ? Qu'est-ce que c'est, des kangourous ? demanda Tritus, oubliant un instant sa tristesse.

— Un pauvre vieux loup, dit l'autre sans prendre garde à l'interruption. Un pauvre vieux loup né dans une cage, nourri par les hommes, soigné par les hommes, regardé par les hommes, moqué par les hommes. Un jour, mon gardien a mal refermé la cage et je me suis échappé et je suis venu ici, dans la montagne, pour y mourir. Je ne suis pas votre ancêtre, je ne suis pas Grand-Loup-Sauvage, je ne sais pas si Grand-Loup-Sauvage existe. Maintenant, si vraiment vous ne me voulez aucun mal, laissez-moi en paix, je vous en prie, laissez-moi en paix. »

La queue basse, sans un regard en arrière pour le corps de Pompon ni pour le vieux loup mourant, les chiens s'enfuirent, le cœur serré de tristesse.

Ils s'installèrent dans une vallée, dans une excavation peu profonde tapissée de feuilles mortes.
Loa chassait avec les deux chiens et, bientôt, Tritus, grandi, se mit à les suivre. Ils chassaient en meute ou deux par deux et le gibier tremblait à leur approche.
Un jour que Mally-Pop, accompagné de Tritus, revenait au gîte en portant dans sa gueule un lièvre aux reins brisés, Loa bondit vers eux, hérissée et grondante. D'un coup d'épaule, elle envoya Tritus rouler dans l'herbe naissante et, se précipitant sur le cocker, elle le mordit au flanc.
« Elle est folle ! » gémit Mally en reculant précipitamment pendant que Tritus s'enfuyait en hurlant, la queue entre les pattes.
« Non, fit Nénu qui survenait. Non, elle n'est pas folle mais elle vient de donner naissance à des petits. De beaux petits, ma foi, et qui sont tout mon portrait, fit le grand chien en se rengorgeant. Elle ne peut pas supporter qu'on les approche. Même moi, ajouta-t-il d'un air contrit.
— Alors... ça alors ! dit Mally-Pop.

— Je crois qu'il va falloir que nous nous séparions. J'ai bien peur que tes vacances ne soient terminées, mon vieux Mally.

— Oh, d'un côté, ça m'arrange, dit le cocker. Entre nous, je commençais un peu à en avoir assez de cette vie. J'ai bien envie de retourner voir si ma maîtresse m'aime toujours. Et puis, au fond, un peu de parfum, mais alors, juste un peu ! ça ne peut pas faire de mal à un chien.

— Moi, je reste ici, avec Loa et la nichée, dit Nénuphar. Je suis heureux. Je suis libre. J'attendrai le Grand-Chien-Jaune. »

Sur un dernier aboi d'au revoir, Mally-Pop et Tritus s'en furent.

Derrière eux, la puissante silhouette du grand chien roux se dressait sur un rocher.

Longtemps après qu'ils l'eurent perdue de vue, ils entendirent une dernière et sonore fanfare d'aboiements.

Ils descendirent de la montagne, retraversèrent la rivière et le plateau, franchirent les collines et se retrouvèrent à la lisière du village de Mally-Pop.

« C'est bien vrai, Tritus ? demanda le cocker au jeune chien. Tu ne veux pas venir te faire adopter par ma maîtresse ?

— Non, fit Tritus. J'ai envie de voir un peu le monde. Et puis, je n'ai pas l'impression que j'aimerais le parfum. »

Ils se reniflèrent pour se dire au revoir puis, la gorge serrée, Mally-Pop s'en fut en courant vers sa maison, sans se retourner une seule fois.

Maintenant, Tritus a adopté un homme, une femme et deux enfants. Ses maîtres sont gentils et lui préparent de succulentes pâtées.

Il est heureux, fait de grandes promenades dans la campagne, joue avec les enfants.

Il a quantité d'amis chiens qui le respectent. C'est un combattant redoutable mais loyal.

Parfois, le soir, étendu sous la table de la cuisine, il agite ses pattes comme s'il courait et il gémit.

« Il rêve », dit son maître.

Il rêve...

Il rêve de grandes courses dans les herbes couvertes de rosée, de plongeons dans l'eau rapide, de chasses effrénées sous les hauts arbres de la forêt, de jeux fous dans la neige froide.

Il rêve...

À ses côtés courent un vieux chien blanc et feu qui sourit de toutes ses dents, un cocker doré, un grand chien roux et une chienne argentée.

Et sur ce rêve flottent les deux yeux brillants et pleins de mystère de Grand-Loup-Sauvage.

TABLE DES MATIÈRES

Prologue 5
   I. Perdu sur l'autoroute 9
  II. Comment Tritus fut baptisé 15
 III. Pompon 23
 IV. Comment Pompon et Tritus rencontrèrent Mally-Pop 29
  V. Comment Pompon et Mally-Pop abandonnèrent Tritus 35
 VI. Comment Pompon, Mally-Pop et Tritus rencontrèrent Nénuphar .. 43
VII. Comment Nénuphar et Loa se joignirent au groupe 51
VIII. Vicky 59
 IX. La chasse de Mally-Pop 67
  X. Comment Mally-Pop se retrouva prisonnier 73
 XI. Comment Loa nourrit ses amis . 83
XII. Grand-Loup-Sauvage 91

Épilogue 99

Achevé d'imprimer
par Maury-Eurolivres S.A.
45300 Manchecourt

Cet ouvrage a été composé
par
TÉLÉ-COMPO - 61290 BIZOU

Dépôt légal : janvier 1994